傘寿の青春

大木　健次郎
OHKI Kenjiro

文芸社

はじめに

とうとう傘寿を迎えた。長いこと生きてきた。

この八十年はどんな塩梅だったか、思い起こせば様々なことがあったが、不思議と、悔いるとか反省するとか、それは全くなかったような気がする。好きなことをやり、ゆかいな仲間と師匠に恵まれた素敵な人生だったと思う。この先何年生きるかわからないが、今まで通りの生き方ができればありがたいと思っている。

傘寿というのはやはり一つの節目、自分のためと同時に、仲間のために何か残しておきたいと思い立った。

稼業が新聞記者なので無茶苦茶忙しい。その合間をぬって小編を書き上げてみた。本当は「小説」っぽくしたかったが、何しろ嘘を書くことが苦手だ。小説なんて山ほど嘘を書かないといい作品にならないというのは重々承知している。だからあきらめた。

書き上げてみたら、どうも自叙伝っぽくなった。面白くもない作品になったけれども、まあ、これも一つの節目だと思って世に出すことにした。

令和七年一月

傘寿の青春 ◎ 目次

記者の始まり　高校時代

サミュエル・ウルマン

僕には人生の「道しるべ」になった言葉があります。

山形県米沢市に山形大学工学部がある。ここは以前、米沢高等工業学校という名前の歴史ある学校だった。古色蒼然たる本館の横に一つの石碑が建っている。「青春」という刻印があってアメリカの実業家サミュエル・ウルマンが八十一歳の時に書いたという詩編が刻んである。米沢高等工業学校の教職についていた岡田義夫先生が翻訳したものである。

青春とは人生の或る期間を言うのではなく、心の様相を言うのだ。
優れた創造力、逞しき意志、炎ゆる情熱、怯懦を却ける勇猛心、
安易を振り捨てる冒険心、こう言う様相を青春と言うのだ。
年を重ねただけで人は老いない。理想を失う時に初めて老いがくる。
歳月は皮膚のしわを増すが、情熱を失う時に精神はしぼむ。
苦悶や狐疑や、不安、恐怖、失望、こう言うものこそ恰も長年月
の如く人を老いさせ、精氣ある魂をも芥に帰せしめてしまう。
年は七十であろうと十六であろうと、その胸中に抱き得るものは何か。
曰く驚異への愛慕心、空にきらめく星辰、その輝きにも似たる
事物や思想に対する欽仰、事に處する剛毅な挑戦、小児の
如く求めて止まぬ探求心、人生への歓喜と興味。
人は信念と共に若く　疑惑と共に老ゆる。

人は自信と共に若く　恐怖と共に老ゆる。
希望ある限り若く　失望と共に老い朽ちる。
大地より、神より、人より、美と喜悦、勇氣と壮大、そして
偉力の霊感を受ける限り、人の若さは失われない。
これらの霊感が絶え、悲歎の白雪が人の心の奥まで蔽い
つくし、皮肉の厚氷がこれを固くとざすに至れば、この時にこそ
人は全くに老いて、神の憐みを乞うる他はなくなる。

僕はこの「格言」を母校釜石高校の先輩、中川潤さんから教わった。

中川潤先輩との出会い

昭和三十五年、釜石一中の三年生だった僕は、猛勉強のため、急性肝炎を患い、

点滴を打ちながら試験会場の別室で受験した。

首尾よく合格しましてね、入学式の後、部活のオリエンテーションに臨んだ。数ある部活動の中で中川先輩が紹介していた新聞部に関心を持った。すぐに入部を申し込むと、その日のうちに部室に連れて行かれていろいろなことを聞かれた。

波長が合ったんでしょうね。帰りに大町にあった中川先輩のお宅にお邪魔した。家業は畳屋で、大きな四階建ての家だった。四階の中川先輩の自室に連れて行かれた。びっくりしたのは膨大な書物でしたね。何やら難しいのもあったけれども、中川先輩はその中からサミュエル・ウルマンの詩編ともう一冊、野呂栄太郎の『日本資本主義発達史』というのを読めと言ってよこした。両方とも僕には難しそうだったが、中川先輩は「これが俺の生き方だ」と言って熱心にすすめてくれた。

自宅に帰り、読み込んでみた。

サミュエル・ウルマンも面白かったけれども、野呂栄太郎の『日本資本主義発達史』は目から鱗が落ちる思いがした。中学校で日本史は勉強したけれども、視点がまるで違う。最後は「労働者、農民の団結万歳」と書かれていて、脚注に野呂栄太郎が戦前、特高警察に捕まり拷問され、獄死したことが書いてあった。

小林聡先生のこと

それやこれやで僕の高校生活が始まった。

同級生はみんないい奴ばかりだった。そして僕はかなりやんちゃだった。

小林聡という古文の先生がいた。顔が色黒くて「栗」そっくりだったので、僕らは「栗」というあだ名をつけた。

古文の時間になって「おい、読め」と言うので、あれは確か宇治拾遺物語だったと思う。「くり」という表現があったんで、僕はわざと「あわ」と言い間違えた。

小林先生が「違う、栗だ」と言ったら、教室の奴らがくすくす笑うのよ。小林先生、はっと気が付いたのね。振り向きざま、いきなり僕に向かってチョークを投げつけてきた。僕はひょいとかわしたが、小林先生はそのまま授業を中断して出て行ってしまった。

二日ほどして担任の神山先生から「おい、檻食《かんしょく》な」と言われた。檻食というのは当時の釜石高校にあった一種の懲罰。校長先生と昼メシを食わねばならない。そりゃあ緊張しますよね。

翌日恐る恐る校長室に出向いた。当時の校長は岡庭先生といって温厚な方だった。「入りなさい」と言われて入室したけれども緊張感でいっぱいになり、突っ立っていたらテーブルに座らされた。岡庭先生、何も言わずに「食べよう」と言って弁当を食べ始めた。こっちは緊張で飯なんかのどを通らない。岡庭先生は「どうだ、高校生活は面白いか」とだけ。どういうわけか気が付いたら、僕は涙をぼろぼろこぼしていた。弁当を食べられなかったけれども、岡庭先生はニコニコしていた。耐え切れずに「ありがとうございました」と言って僕は校長室を出た。

教室に戻ると仲間が寄ってきて、僕が泣いていることに気が付くと、みんな黙って肩をたたいたり背中をなでたりしてくれた。

そういう仲間のいたわりにまた涙がどっとあふれてきて泣きじゃくったのが、僕の青春の始まりだったような気がする。手を付けなかった弁当は僕の涙でしょっぱかったけれども、ちゃんと飯がのどを通ったんだから若いってすごかったな、と今でも思う。

翌日、職員室に行って小林先生の前で土下座をして謝った。小林先生、ひとこと「よかったな」と言って、僕の体を抱き起こしてくれた。小林先生のやさしさに僕はまたボロボロ泣き出した。

安保闘争

当時は安保闘争のど真ん中。

釜石は富士製鐵の城下町。市長は革新系の鈴木東民さんといって、戦後の読売争議を主導した方だった。だから春の文化祭にやって来て大演説をぶつのよ。「街頭に出よう、デモに出よう、今日、文化公園で集会があるから来るように」今思うと、とんでもないようなことを言って、僕らを扇動した。

高校の先生もね、当時は高知県教職員組合の「高教組」とならんで最強と謳われた「岩教組」だったからね。至極当たり前に僕らはそっちの方に流されて行った。

当時の釜石には北海道からの転校生が多かった。北海道の石炭がダメになって富士製鐵釜石に就職してきた。今の小佐野地区にはそういう北海道からの移住者の住宅があった。

そのころ好きになった娘がそこから通っていた。お邪魔するとね、まだ行ったことも見たこともない北海道の話をしたり、写真を見せてくれたりするのね。憧れましたねえ。後年、大学生の時に付き合っていた女性と死に別れて北海道に行ったのも、その時聞いた小樽や釧路の話を覚えていたせいかな。釧路の幣舞橋に沈む夕陽なんて、そりゃあ今も忘れられないね。

ラグビーとの出会い

秋になって体育祭を迎えた。

部長の中川先輩が「文科系だけでチームを作って出る」と言い出した。中川先輩はラグビーもやっていたのでラグビーで出ることになった。「おい、お前はウイングをやれ」と言う。ラグビーなんかやったこともないし、第一、怪我をしそうでおっかない。そのことを正直に言うと「いいから出ろ」と言うので、先輩の言うことだから聞くしかないと思って「はい」と答えてしまった。

当日になって試合が始まった。

中川先輩は、

「いいか、敵は両川一人だ。あいつがタッチライン沿いに走ってくるから、お前、タックルに行け」

とおそろしいことを言う。

両川先輩というのは当時、岩手県の高校球界では屈指のピッチャーでプロからも注目されていた選手だ。なにしろガタイが大きい。

試合が始まると本当に両川先輩がタッチライン沿いを悠々と走ってくるのね。おっかないもんだから、誰もタックルに行かない。僕は覚悟を決めて飛び込んでいった。飛び込むと同時に膝で頭を二、三回蹴り上げられましてね。ゴロゴロと転がったまでは覚えているけれども、気が付いたら新聞部の部室で椅子に寝かされてうんうんうなっていた。

部室のドアがガラッと開いて両川先輩が顔を出した。

「おい、お前、大丈夫か、やるなあ」

と言って、僕にレモンを一個ほうり投げてよこし、どう猛な顔でにかっと笑って出て行った。

僕はとたんに涙があふれてきた。どういう涙かわからなかったけれども、涙が出た。中川先輩から「泣く奴がいるか。両川はお前のことを男として認めてくれたんだよ」と言われ、途端にまた涙があふれてきて止まらなかった。体中痛かったけれども、僕はラグビーが好きになった。

どちらかと言えば文科系だった僕が、スポーツに目覚めたのもこのころだったと思う。

秋になって東京六大学の早慶戦が始まった。早慶六連戦、早稲田の安藤元博の六連投があった。校内放送でＮＨＫの実況放送を流しましてね。早稲田が最後は勝ったが、そのころから早稲田に憧れたかな。

ブランクの釜高新聞

体育祭も早慶六連戦も終わったころ、安保闘争がピークを迎えた。

中川先輩が「お前、書け」と言うので、安保反対の論説を書いた。中川先輩から自宅の一室を借りて、うんうんとうなりながら論説を書いた。

論説の趣旨はこんなものだった。「対米従属は亡国の兆しだ、自主独立路線、戦後復興のためにも再軍備強化はダメ」といった内容だったと思う。

発行する段になって顧問の酒井先生が「お前、この内容はプレスコードに引っかかるから発行禁止」と言ってきた。なにがプレスコードだと思い、抵抗してみたんですが、思いはかなわなかった。

かくなる上は、と思い、僕の安保反対の論説のところだけを空白にして印刷することにした。できあがってから「これなら文句ないですよね」と言って、顧問の先生のところに持っていた時の先生の顔は忘れられなかったね。

同じように空白にして新聞を出したのは、釜石高校新聞と長崎の諫早高校だけだったと後で知った。

予餞会

年が明けて「予餞会」をやることになった。予餞会というのは、卒業する先輩に感謝の気持ちをこめて、演劇やコーラスをやったりするイベントである。

クラスごとに何かやることになった。僕らのクラスは演劇をやることになった。うちのクラスに櫻井さんという、とびっきりの美人がいましてね。大町商店街にあった旅館の娘さんだった。このお嬢様をとびっきりヒロインに仕立てて、彼女に恋心を抱いていた先輩にはなむけとして贈ることにした。

「シナリオはお前が書け」と言うので、僕が「金色夜叉」っぽいのを書いた。昔の筋立てだったんで、櫻井さんに着物を着せて寝る時に襦袢一つになるという脚本を書いた。櫻井さんは「こんなのいやだ」とあらがったんですが、「先輩のためだから」とかなんとか言って了承してもらった。

そして本番になって寝るから着物を脱ぐという段になった。櫻井さんの襦袢姿、きれいだったねえ。

曼荼羅

春休み、ちょいとばかり暇になったものだから、小説を書こうと思い立った。できあがったのが「曼荼羅」という題名で、芥川龍之介の生涯を描いた小説だった。「辰年、辰の刻に生まれたので名を辰之助という」こういう書き出しで始まる、まあ、他愛もない小説なんですが、これを「釜高文藝」に掲載した。

驚くほど評判が悪かった。聞いてみたら難しくてわからないという。芥川が死に至る心の葛藤、母親が心の病で亡くなったとか、結構シリアスなことを書いたんで、面白くなかったのかなあ。

まさかの転校生　高校時代　その二

安積高校

二年の新学期が始まったころ、税務署に勤めていた親父の仕事に異変が起きた。うちの親父は当時、釜石税務署の徴税課というところにいた。富士製鐵釜石なんていうおばけみたいな大企業に敢然と立ち向かって、ヘビーな税金を課した。法的には全く問題がなかったが、とにかく富士製鐵釜石の城下町で税金を厳しく取り立てるなんて勇気がいったと思う。官舎に住んでいたが、石をぶつけられたり、嫌がらせがあったりしたことを覚えている。

親父がいつも言っていた。

「納税は国民の義務だ。納めなければならないが多く払う必要はない」

そういう主張からか、富士製鐵釜石には厳しく税金をかけたんだろうね。

六月になって転勤の話が出た。今度は福島県の郡山税務署だという。どういうわけか、副署長になった。

僕も転校を余儀なくされた。安積高校という福島県きっての名門校を受けた。高校二年生だったんですが、どういうわけか、敵は英語と数学と国語の三科目とも一年生の問題を出してきた。それなのに百点満点で全部三十点以下ですよ。それぐらい学力の差があった。当時の安積高校は二年生までに三年分をやり、残りの一年間は学校に来なくてもいい、志望校の科目だけ勉強すればいいという、とんでもない学校だった。

釜石高校はおん出されるわ、安積高校は入れないわ、と窮地に立った。

税務署と酒屋は酒税を巡って親しい間柄だったようで、親父の伝手《つて》で酒屋の親分で安積高校の後援会長をしていた方と僕と親父と三人で、当時の校長先生のお宅にお願いに上がることになった。釜石名物「いかせんべい」などを携え、夜陰に乗じて校長先生のお宅にお邪魔した。校長、黙って聞いていたが、僕をじっと見つめて「しっかり頑張れ」と一言。

そういうわけで、何とか安積高校に潜り込めた。

校長の顔に泥を塗るわけにはいかないので、その年の夏休みは勉強しましたね。僕の記憶する限り、あんなに勉強したのは初めてだった。夏休みが明けて校内模擬テストがあったんですが、文科系の科目はすべて学年トップになった。漢文の牧田幾久先生がホームルームの時に同級生に説教を垂れたのよ。

「お前たち、転校生に一番を取られて悔しくないのか」

桑野文庫

ちょうど僕が転校した前年に学校に「桑野文庫」という図書館ができていた。

釜石高校の図書館と全然違うのよ。ざっと見て釜石高校の十倍ぐらいの蔵書があった。

秋ごろから挑戦しましてね、今週はこっちの段全部とか、次の週はその下の段全部とか、そういう読み方をした。貸し出しのカード、あっという間に二〇センチぐらいの束に積み上がった。レファレンス司書をしていた菊池さんが「安積高校始まって以来の記録」と褒めてくれた。

そのため文芸部に目を付けられましてね、二年生の終わりごろ入部した。安積高校というのは結構、著名な文人を輩出している。高山樗牛、久米正雄等々。で、何を書いたかというと、「女性に関する12章」というタイトルのエッセー。読みちらかした恋愛小説に登場するヒロインを取り上げて、解説っぽいのを書いた。富田常雄の『姿三四郎』に登場する「乙美」が三四郎との逢瀬に「三四郎さんの赤さんがほしい」というくだりね。赤さんというのは赤ちゃんのことなんですが、明治ごろは「赤さん」とも言った。

そんな他愛もないことを書いたんですが、意外に評判が良くてね。「もっと書け」とけしかけられたんですが、何しろ受験生だからね。勘弁してもらった。

朝河桜

先輩に朝河貫一という方がおられた。後年、イェール大学の教授まで昇り詰めた知性の塊みたいな方であります。その方の伝説が残っていましてね。朝河貫一はウェブスターの辞典を丸暗記して、覚えたページを破って食べたり、校庭にあった桜の木の下に埋めたという伝説があった。

僕は馬鹿だから、本当なら表紙ぐらいは残っているだろうと、朝河桜の根元を掘り起こしてみた。何にも出てこない。同級生で学校に密告する奴がいて、ある日、学校当局に呼び出されてこっぴどく叱られた。

民主青年同盟

三年生になったある日、宍戸正夫君という奴に声をかけられた。

「民青に入りませんか」

どうも、僕が師事していた高橋哲夫先生、この方は教職員組合の役員もやっていたんですが、どこかの会合で僕が「総資本対総労働」という話をしたのを聞いたらしい。僕は野呂栄太郎の『日本資本主義発達史』という名著に影響されていてそっちの方の勉強も結構やっていたんで、それが目に留まって「あいつを民青に入れよう」という話になったらしい。

民青というのは「日本民主青年同盟」といって、日本共産党の下部組織で、共産党員の予備軍みたいな組織だった。学生運動でいうと平民学連（安保反対、平和と民主主義を守る全国学生連絡会議）の中枢になっていた組織だ。

資本主義というのは、金や生産手段を持っている資本家とそこで働く労働者という二つの階級で構成されている。この仕組みから生産されてくるものの対価を資本家と労働者でどのように分配するのかというのは、この二つの階級の力関係によって決まる。階級闘争というやつである。資本家が強ければ対価の多くをとるし、労働者が強ければ労働者が多くの対価を得ることになる。だから我々は組織を強固なものにして団結して、資本家階級と戦わなければならないんだ、というようなことを、僕は「総資本対総労働」で話していた。

高校生のくせに生意気だったかもしれないけれども、そういうことで一目置かれていたのかなあ。

「いいですよ」と言って加盟したのが三年生の夏ごろだった。

まあ、勉強もしたけれども、安積高校の三年生の時はそれこそ密な青春だった。仲間に薬屋の息子がいて、こいつがまた小遣いを結構持っているのよ。僕とか、機屋《はたや》の鈴木とか、貧乏している連中は駅前にあった薬屋のせがれの家《うち》に入りびたりで、酒を飲むわ、たばこを吸うわ、それこそ密な青春を謳歌していた。

昭和三十八年に福島大学経済学部に入った。本当は早稲田に行きたかったんだけれども、何しろ小役人のせがれなんでカネがない。自宅から通えるところといえば地元の福島大学しかない。目をつむっていても入れると思いましたが、本当に入れた。

青春の入り口　大学時代

福島大学経済学部

田舎の大学だと思っていましたが、なんと教授陣は東北大学の経済学部より各段にレベルが上だとすぐにわかった。星埜惇、山田舜、田添京二、松井秀親、庄司吉之助、真木實彦、渡辺源次郎、客員講師として大石嘉一郎、富塚良三、小林昇なんかもおられた。いわゆる「マル経（マルクス経済学）」の牙城みたいな大学だった。

僕は農業経済学を教えていた星埜惇先生のゼミに入った。ユニークな大学で一年生の時からゼミの聴講生になれた。

面白かったこともあって、マル経関係の科目は猛烈に勉強して、ことごとく「優」を取った。

安保闘争も学生運動も下火になったころ。何とかしなくては、と思い、何人かで「福島大学経済学部細胞」という日本共産党の下部組織を立ち上げた。僕が学習部長になり、仲間を誘い、大学三年生のころには学部の半分ぐらいは共産党員になっていた。

「尊敬する人は天皇」事件

学習部長になったというので、機関紙「アカハタ」の取材があった。尊敬する人はと聞かれたので「天皇（昭和天皇）」と答えた。僕の認識では、天皇のご聖断がなければ本当に我が国は壊滅していた。戦争を収拾した天皇はえらいと心から思っていたんでね。その通り答えたら大騒ぎになった。

「共産党員たるものが尊敬する人は天皇とは何事か」

そりゃあ騒ぎになるわな。

で、「査問」というのがあった。飯坂温泉のなかむらや旅館に呼ばれて質問攻めにあった。

僕は頑として主張は変えなかったし、「除名だ」と言うから、「どうぞ。その代わり、福島大学経済学部細胞を解散する」と脅した。党勢拡大に躍起になっていた上の方は「こりゃ、一大事だ」ということになって、「除名」はなんとか免れたけれども、役職は降ろされてヒラの党員にさせられた。格別不便ではなかったんで、それは受け入れましたが、そういう党の体質、硬直した思考回路は今も引きずっているんじゃないかな。

飯島翔子さん

大学に入ってすぐに福島大学生活協同組合の仕事に就いた。仕事と言っても、昼食の時の食券売りの手伝いとか、経済学部の店から学芸学部の店に運ぶ商品の配達なんかで、そこそこカネが稼げた。

ある時、大学生協の先輩の平良さんという人から声をかけられた。

「君、なかなか博学だそうだね」

「いえ、そんなことありません」

「そこで頼みがあるんだけれども、演劇部に僕の妹みたいなのがいてね、脚本を書いているんだけれども、どうもうまくいかないみたいなんだ。アドバイスしてくれると助かるんだが」

ということで飯島翔子さんという一級上の女性を紹介された。

彼女の悩みは年末に予定されている定期公演のテーマと脚本がなかなか書けな

いというようなことだった。話をしていくうちに生まれが僕の母親と同じ山梨県だということがわかって親近感を覚えた。

「ちょっと考えさせてね」と言って、翌日会った時に二つの案を出した。

一つは「あゝ、モンテンルパの夜は更けて」という歌をモチーフにしたもの。昭和二十七年に解放された死刑囚を含む日本人の戦犯百五名と、その教誨師を務めていた岡山県出身の加賀尾秀忍さん、それとこの歌を作詞作曲した方、この歌をうたった渡辺はま子さん、その歌に心を揺さぶられ、自分の奥さんや子供が日本の兵隊に殺されたにもかかわらず全員を釈放した当時の大統領エルピディオ・キリノ、この方々の心の交情を描くというのが一本。

もう一つは前年にあった三井三池闘争のころのこと。荒木栄さんが作った「地底のうた」というのがあって、苦しい戦いの中で落伍していく若者とそれを見守る仲間たちの交情。歌の中に「スクラムを捨てた仲間憎まず」というくだりがあって、「そのあたりを描いていけば、いい脚本《ほん》ができる」というような話を飯島さんに話した。

演劇部の部長や演出の連中も交えて話し合った結果、「地底のうた」でいこうということになった。

僕は当時の資料をかき集めてきて、それを飯島さんが咀嚼して筋書きを作るという作業をひと月ほどやって、なんとか前に進んだ。

十二月の半ばごろに福島大学演劇部定期公演というのを上浜町にあった教育会館でやりましたよ。

真っ暗な舞台。「地底のうた」の冒頭「有明の海の底深く、地底に挑む男達、働く者の火をかかげ、豊かな明日と平和のために」の合唱で劇が始まる。舞台にぽつんと明かりがついて主人公が浮かび上がる。主人公は病気の母親を抱えて闘争についていけなくなり、戦列を離れざるを得なくなる。仲間からは裏切り者とそしられるが、仲間の一人が「いや、こいつの事情を考えれば、責めてはいけない」というようなことを話の中で語るのね。

十二月ぎりぎりで間に合い、本公演をやった。ものすごく評判が良くて盛り上がった。カーテンコールの時、僕は演劇部でもなんでもなかったんでソデのところで見ていたんですが、飯島さんが僕の手を引っ張って列の真ん中に連れて行った。ひとしきり拍手が鳴りやむと、今度は舞台の全員と観客で期せずして「がんばろう」の大合唱が始まった。「がんばろう、つきあげる空に、くろがねの男のこぶしが」というやつです。その時も僕は泣いた覚えがあるなあ。

そんなことがあって僕は自然と飯島翔子さんと付き合うようになった。僕はゼミと自治会の活動で忙しかったが、なんとか時間を作って飯島さんと会っていた。

ある日、飯島さんが言うのよ。

「ねえ、今度の夏休み、私の故郷に来てみない？　うちは桃の農家をやっているので人手がたりないの。アルバイトだと思って、お願い」

そう誘われて、その年の夏休みは山梨に行った。山梨県東山梨郡に飯島さんの実家があった。とんでもなく大きな農家で、お兄さんがおられた。お父さんもお母さんもお兄さんもみんないい人で大歓迎してくれた。

夏休みが終わって大学に戻ったら、秋口になって大変な事件が起きた。

大学三年の時だった。中国共産党と日本共産党が政治路線を巡って対立し、ケンカ別れになった。日中友好協会という、これも日本共産党の下部組織みたいな団体があった。ここもね、中国共産党に与《くみ》する一派と日本共産党を支持する一派の二つに分れた。僕は日本共産党の方に与したんだが、当時、学芸学部にいた彼女、飯島翔子さんは中国共産党系の正統本部と称する団体に走った。喫茶店や彼女が所属していた演劇部の部室で、侃々諤々の論争をしたけれども溝は埋まらない。

最後に葵寮という大学の女子寮の近くの喫茶店で別れた。「ごめんね」と言って、雨の中を傘もささずに寮の方に駆け込んでいく彼女を目で追って、僕は涙をこぼした。

その後、連絡がつかなくなり、そのうち彼女が大学を辞めて故郷の山梨に帰ったといううわさが聞こえてきた。そして共通の友人だった演劇部の友達から、彼女が白血病に侵されて余命いくばくもないことを知らされた。

前年の夏休みに彼女の故郷にお手伝いをかねて遊びに行った。その時、おじさんもおばさんもすごくよくしてくれた。そこで彼女の実家に電話をしたら、お兄さんが出た。

「翔子は今、石和の病院に入っている。君に会いたがっていた。よければ来てくれないか」

もちろん駆け付けましたね。

山梨の石和温泉療養所というところに入っていた。眠っていたが、久しぶりに見た彼女は真っ白な顔で、点滴でむき出しになった腕はか細く今にも折れそうなほどやつれていた。

待っていると、しばらくして目を覚ました。びっくりしていたが、最初に発した言葉は別れた時と同じ「ごめんね」だった。

「病気だったなんて……なんで言わないんだよ」

問い詰めると、思いもかけない言葉が返ってきた。

「本当はね、友好協会なんてどっちでもよかったの。あの時にはもう白血病にかかっていて余命いくばくもないことをお医者さんから宣告されていたの。病気のことは言えないから友好協会にかこつけて、あなたと会えないように自分から仕向けたの。だって、こんなになった私なんか、あなたの足手まといになるだけだもんね。ごめんね」

「ぼくはきみのことが大好きだよ、今までもこれからも……ずっと大好きだよ。僕と一緒に早く治るように頑張ろう」

そう言って、今にもちぎれそうなほど細い指を絡めて、涙を見せないようにシーツに顔を伏せた。

そうこうしているうちに先生の回診があるというので病室の外に出された。回診の先生にお聞きしたら、本当に余命いくばくもないと言われた。「もって一週間でしょうね」という宣告に、僕は膝から崩れ落ちた。

彼女の実家にお世話になりながら毎日病院に通ったが、それから十日目に帰らぬ人になった。最後に会った時、彼女はまた「ごめんね」と言って息を引き取った。そのままお葬式に出て、大学に帰った僕は虚無感から何も手につかなくなっていた。

（そうだ、彼女と行く約束をしていた北海道に行こう）

そう思い立ち、いくばくかの金をもって、そのまま福島駅から北に向かう夜行列車に飛び乗った。夜行列車を乗り継いで着いた先が釧路だった。大学の時の先輩、林和夫さんというんですが、生命保険会社の釧路支社にいたことを思い出して転がり込んだ。

釧路は大きな製紙会社の工場がいくつもあって活気あふれる街だった。先輩は昼間会社に出ていたので、僕は一人で釧路の町をさ迷い歩いた。駅からまっすぐにのびる道路の先に幣舞橋があった。幣舞橋に沈む夕陽を眺めながら、彼女と一度行ってみたいねと語り合ったことを思い出した。

北海道から帰ったら、僕宛に飯島翔子さんのお兄さんから手紙が届いていた。なかに僕宛の翔子さんからの手紙が入っていた。

この手紙をあなたが読む時には私はもういないと思います。少しだけあなたとの思い出を話させてくださいね。去年の夏にうちに来てくださったでしょう。休みの日に甲府に行ってデートして来いと兄が勧めてくれて、二人で甲府に行きましたね。お城を見て駅前の食堂でほうとうを食べて、それから映画を見に行って、あんまり暑かったので喫茶店で二人で氷イチゴを食べたよね。そんなことがずっと続けばいいなあなんて本当はあの時思っていたの。帰る前の日に、早めに仕事を切り上げて二人で笛吹川の土手をぶらぶら歩いたよね。いつの間にか自然に手をつないでいたわ。あなたの手はあったかくってずっとこのまま手をつないで歩きたいなと思った。

翔子はね、お医者さんになるつもりだったの。ほら、うちの町に小川正子さんの実家があるでしょ。あなたを案内したら小川正子さんが書いた小説「小島の春」の話をしてくださいましたわね。ハンセン病の患者を身を挺して看護し続けた小川正子さんがとても身近におられたからかな。願い事はかなわなかったけれども翔子はあなたと知り合えてとても満足しています。こんなに早く死ぬなんて。ごめんね。

翔子

青春の甘酸っぱい思い出であります。

真実は必ず勝つ

大学の四年間は学生運動に明け暮れましたね。しかし四年生になって進路を決めなくてはならない。それなのに学生運動に夢中になっていて、マル経以外の授業はほとんど出席していない。単位不足だということで「追試験」を受ける破目になったんだけれども、僕だけはどういうわけか二度受けさせられた。学校当局もさるもんですよ。二度目の追試験は卒業式の日ですからね。

それでも何とか卒業できることになって「卒業証書」を取りに来いという。教務課の窓口から顔を出したら、「宿敵」だった教務課長が向こうでにやにや笑っている。受け取ってみたら、日付が四月一日になっている。こん畜生と思いましたが、受け取って恩師の星埜先生のところに持っていった。

「先生、卒業できました」

先生が二度も教授会を開くように大学当局に掛け合ってくれて、何とか卒業できるように骨を折ってくれたのを知っていましたんでね。「おお、よかった」とねぎらわれて思わず涙をこぼした。

先生が卒業証書の裏に何やら書いてくれた。ドイツ語で「ダスイスト・デイー・バールハイト・デイーアムエンデ・ズイークト」、「真実は必ず勝つ」というゲーテの言葉なのね。うれしかったなあ。僕は今もその言葉を人生の生きがいと目標達成の糧にしています。

僕の青春時代の入り口はこんな感じだった。

大学時代にマルクス経済学に触れ、「唯物弁証法」という手法を身に付けることができた。今もその思考回路は全くさび付いていません。

「良き友」と「良き教師」「良き学問」に巡り合うことができた。

僕の青春時代の入り口の思い出はここまでです。

波瀾の青春の始まり　小山海運時代

事件

小山海運のフィリピン駐在員に赴任して三ヶ月ほど経ったころ、事件が起きた。いつものように自社船が入港してきたので船橋でワッチをしていると、目の前でハッチビームを吊り上げるワイヤーがぶちっと切れましてね、重たいハッチビームが落下した。

ハッチの中をのぞくと、若い荷役のおにいちゃんが膝から下を切断され、のたうち回っているではないか。ほかの奴らはただおろおろするばかりで何もできない。目の前にぶら下がっているワイヤーロープに飛びついて下りて行った。事故にあったおにいちゃんは血だらけですよ。すぐにシャツを脱いで、そいつの膝から上にきつく巻き付けて血止めをした。それでも血が噴き出てきて、おにいちゃんは今にも死にそうな感じだった。

すぐにパレットを下ろさせ、その上に青年を載せて「上げろ」と言ったら、今にも死にそうなその青年が「サー、サー（ダンナ、ダンナ）」と言って、震える指で何かを指すのよ。そいつの指の先には切断された足首が転がっていた。「ディスワン（これか）」と聞いて転がっている足をつかんで、そいつの胸に持たせてやった。そうしたら青年は安心したのか、すぐに気を失ってぐったりとした。「おい、上げろ」と指示して、パレットごと持ち上げさせて船側におろしてもらった。

救急車が来ていて、そいつはすぐに搬送されたが、僕は血だらけ。気持ちが悪くなってげーげーと吐きながら気を失った。気が付いたら船室のベッドに寝かされていた。

まったくえらい目にあったもんだとぼんやりしていたら、船長以下みなさんがよくやってくれたと言葉をかけてきた。

それから一週間ほどして代理店の港湾部長が「あいつの見舞いに行こうぜ」と誘ってくれた。フィリピンゼネラルホスピタルというちゃんとした病院だった。青年は膝から下はなくなってしまったけれども元気だった。「よかったね」と言うと、そいつの奥さんとお母さんとおばあちゃんが僕のことを命の恩人だと言ってとりすがってきてワーワー泣くのよ。

僕はたいしたことをしたとは思っていなかったんで恐縮しまくりだったのを覚えている。


それから一週間後に、今度はそいつが勤めていた荷役会社の社長から「お礼のパーティをやるから参加してほしい」と言われた。荷役会社の社長なんてやくざみたいなもんで、マニラ港周辺の親分だった。「ベイサイド」というロハス通り沿いにあるナイトクラブを貸し切って、青年の快気祝いと僕に対する感謝のイベントをやるのだという。

親分が壇上で僕の肩を抱き寄せて、「こいつは俺の友達だ。ポートエリアでこいつにちょっかいを出したら俺がタダではおかないから」と演説しましてね。二百人ほどいた港湾労働者諸君がわーと気勢を上げるのよ。親分がさらに「友情の印にこいつをあげる」と言って護身用のピストルをくれた。「撃ってみろ」と言うけれども「いくらなんでもここではまずいんじゃないの」と言ったら、「いいから天井に向けてぶっ放せ」と言う。仕方がないので引き金を引いたらドンと音がして弾は天井に向かっていった。参加していた諸君からまた歓声が上がりましてね。それからはもう飲めや歌えやの大宴会となった。

僕はいただいたピストルを腰の後ろに挟み、「バロン・タガログ」というマニラ麻で作ったフィリピンのフォーマルウェアを着て歩くようになった。後は怖いもの知らずで、ポートエリアでは「顔」になりましたね。

トンド

間もなくしてクリスマスの季節になった。ご承知のようにフィリピンはキリスト教の国ですから、職場や町内会で派手なパーティをやる。

僕が助けた青年から「クリスマスパーティをやるからぜひお越しいただきたい」という手紙が来た。

住所は「トンド」。スモーキーマウンテンという巨大なごみ捨て場があって、マニラ最大の貧民窟と言われているところ。治安が悪くておっかないから普通の人はなかなか行かない。代理店の人も「あそこはやばいから行かないほうがいい」と言う。まあね、命まではとらんだろうと僕は出かけた。

何しろ「トンド」地区ですよ。おっかなびっくり、迎えに来た人と出向きましたが、なに行ってみれば普通のちゃんとした家だった。大勢の親類縁者が総勢五十人ほど集まっていた。大歓迎ですよ。みんないい奴らばかりで片言の英語ですぐに仲良くなった。

なにか歌えと言うので、しゃれた英語の歌なんか知らないから、故郷福島の民謡「会津磐梯山」を歌った。あれは「えんやーーああ」と始まるんですが、それがまたえらい人気になった。それからはポートエリアで僕を見かけると、連中「えんやーーああ」と声をかけてくるようになった。

若い連中が僕に「あなたは何で俺たちにやさしくするの」と聞いてくる。

「普通の日本人は仲良くなっても距離を置く。あんたにはそれがない。なぜ」

「そんなに不思議なことかなあ。おんなじ人間だろ。あんたも俺もナイフで腕を切ってごらん。同じような赤い血が流れてくるぜ。まあ、金持ちと貧乏人という差はあるけれども、おんなじ人間だとオレは思うね。嘘か本当か、試してみようか」

そう言って、僕はナイフで二の腕を少しばかり切ってみせた。「お前さんも切りなよ」と言うと、その青年はすぐに自分の腕にナイフを入れた。赤い血が両方の腕からにじんできた。僕の血と青年の血を混ぜ合わせて「な、おんなじ色だろ」と言った。まわりにいた連中も含めてみんな泣き笑いになった。

コロネル・サリエンテス

懇意になったポートエリアの親分、こいつはフレデリック・タマヨという名前だったんですが、ある日、いい男を紹介すると言って精悍な五十代ぐらいの男を連れてきた。コロネル・サリエンテスという名前だという。コロネルというのは英語で大佐という意味なんですが、まあ、サリエンテス大佐というんでしょうね。話していたらおそろしいことを言う。

「俺は元抗日ゲリラで、日本兵を十人ぐらい殺したことがある。タマヨに聞いたら、お前さん、えらくいい男だから、紹介しろと頼んだのよ。これからは友達になろうぜ」

ということで、その晩早速飲みに出かけた。

こいつもどちらかと言えばやくざで、ロハス通りに林立するナイトクラブやとばく場、それにマビニ界隈では顔だった。

翌日は「ライフルの打ち方を教えてやる」と言って、マニラ近郊のアンガットダムというところに連れて行かれた。ダムの壁めがけてライフルを撃たせてくれた。

「お前さあ、なんでそんなに日本人の俺によくしてくれるの。あんた、日本人を殺したぐらいだから、俺のことも憎いんじゃないの」と聞いた。

コロネルのおっさんがこんなことを話してくれた。

「お前、昔、大統領だったエルピディオ・キリノを知っているか。あの大統領は日本人の戦犯百五人を無罪放免にして日本に帰してやったんだ。絞首刑になるところを助けたというんで、普通、フィリピン国民は怒るわな。それが誰も怒らなかった。なぜかというと、キリノ大統領は自分の奥さんと三歳になる子供を日本軍に殺されたのよ。子どもの方は日本の兵士の銃剣で串刺しにされたっていうからね。キリノがえらいところは憎しみ合ってもいいことはない、憎しみの連鎖をどこかで断ち切らないと仲良くなれない。だから日本の死刑囚を日本に帰したんだって、そう言って国民に理解を求めたわけよ。わかるか」

そういうサリエンテスだって、自分の肉親を何人か日本軍に殺されたことはタマヨから聞いて知っていたからね。そうか、そういうことかと、僕は人と人との付き合い方を教わったたな。

「忘れなければそれでいい」

後年、中国に出入りするようになって黒竜江省の省都ハルビンに行ったことがある。

ちょうど一日空いた。共産党のお兄さんが「どこか行きたいところあるか」と聞いてきたので、「平房に行きたい」とお願いした。「えっ、平房?」と聞き返された。

「あんなところ普通の日本人は行かないよ」

「いいから連れてけ」

平房はハルビンから一時間ほどのところにある。その昔、例の「関東軍防疫給水部」通称「731部隊」がいたところ。そこで731部隊は悪逆非道の行いをやった。「マルタ」と称して集めてきた中国人に生きたままペストの注射をしたり、生体実験をやったりした。

そこには731部隊の非道な行為を再現した博物館があった。敗戦で撤収する時、建物ごと爆破したので、今は大きなボイラーの煙突が残されているだけだったが、鬼気迫る光景だった。

ハルビンに帰った夜、受け入れ先の黒竜江省糧油《リャンユウ》公司主催の晩さん会があった。何か挨拶をというので、僕は代表してお話をした。

「今日、平房に行ってきました。僕らの先人が非道なことをして中国の人々を苦しめた。誠に申し訳ない。どう謝っても許されることではないが、どうか勘弁してほしい」

謝っているうちに涙が流れてきた。向こうのエライさんが挨拶をした。

「お気持ちはいただいた。今、中国と日本の人々はこうして仲良くやっている。確かにそういう過去もあったが、忘れなければそれでいい。忘れなければ我々は共に手を携えて前に進める。そのことのほうが大事だ」

そう言って握手をしてくれた。大きくて温かくて分厚い手だった。また、涙があふれてきた。人と人とのつながりはかくあるべしと実感した至福の夕べとなった。

コロネル・サリエンテスから教わったこと、中国の友人から教わったことは「赦し合うということ」ではないかと思う。

マニラ湾の夕陽

平成三十年二月、所用でフィリピンに行ってきた。

首都マニラから国道1号線を二時間ほど北上するとアンヘレスという町に出る。そこにクラークフィールドという、昔、米軍の飛行場だったところがある。ピナツボ火山が爆発して使えなくなり、フィリピン政府に返還されていた。今は経済特区になっていて、日本企業がいくつか進出していた。

さらに西に曲がると三〇分ほどでスービックベイという港町に出る。ここはその昔、ベトナム戦争の時にアメリカ第七艦隊の基地だったところだ。ここも返還されていた。今は日本から大型の中古重機が運び込まれ、大掛かりなオークション会場になっている。そのあたりを取材してマニラに帰った。

二日ほど滞在して、明日は日本に帰るという日の夕食をマニラ湾に面した「ハーバービュー」という海鮮料理の店で食べた。

マニラ湾に沈む夕陽がきれいでね。見とれているうちに、五十年ほど前、ここで働いていたころのことを思い出した。

昭和四十二年、大学を卒業し、小山海運という船会社に就職した。

大学時代、大学生協の理事をやっていた関係で、理事長だった物理の小山悠先生に世話になっていた。その小山先生が「君、僕の弟が東京で海運会社をやっているんだけれども面白そうだぜ。試験受けてみる」と言ってくれて、僕は先生から当時の金で二万円という大金をもらって就職試験を受けに行った。

社長は小山朝光さんといって、明治の元勲板垣退助につながる由緒ある方だった。せっかちなおっさんで、「君、採用。明日から出社したまえ」と言って、すぐに「おーい、深川の寮空いてたよな。きみ、そこに入りなさい」と指示を出してくれた。

着の身着のままで入寮し、翌日から虎ノ門のダイヤモンドビルの十階にあった会社に出社した。入社してすぐに「ハイ、乗船研修」ということで船に乗せられた。

当時の小山海運は香港、ストレート（シンガポール、ペナン）、マニラという定期航路を持っていて、帰りにフィリピンやインドネシアからラワン材を持ってくるという商売をやっていた。

神戸から乗る船が出るというので神戸に赴いた。乗船する船は「陽光丸」（ＤＷ）、四五〇〇トンの小さな船だった。

本船に出向くと、キャプテン以下歓迎してくれて、とりわけ一等航海士の上村さんが面倒を見てくれた。

「お前なあ、船に乗ったら何が起きるかわからない。この世の名残に」

とかなんとか言って、当時有名だった福原の「浮世風呂」というところに連れて行かれた。妙齢の女性をあてがわれていい気持ちになった。

翌日出港したんですが、それからの三ヶ月間はまるで天国でしたね。一日八時間「ワッチ」する以外、とにかくすることがない。「ワッチ」というのは船橋に立って船の前を見ているだけなんですね。結局、本ばかり読んでいた。飯時になると「ガンルーム」といって士官以上が集まる食堂で正装して飯を食うのである。

フィリピン向けの雑貨を満載して、五日もするとマニラ港に着いた。マニラで四日ほど滞船し、それから南下してダバオという港でラワン材を積んで帰ってきた。これがちょうど三ヶ月間ぐらいの乗船研修だった。

ソリスター

本社に帰るとすぐに横浜支店の手伝いに行かされた。横浜支店といったって、乙仲《おつなか》（海運業者）大手の「上組」の二階に居候しているだけなんですけれどもね。

そこで手仕舞い書類といって船の積荷目録やなんかを作成し、船荷証券を発行し、荷主さんから海上運賃をもらって、それを横須賀線の最終電車で持ち帰り、深川の寮まで帰る。翌日、本社に七時までに出社し、金を届けてまた横浜に行く。今にして思えば過酷な勤務をやらされていた。月の残業時間はゆうに二百時間を超えていたが、残業手当は見事なくらい一銭も出なかった。それでも辞めなかったのは仕事が面白かったから。

本船で荷役をする時はパレットといって木の板がいるんですが、こいつを出す権限は代理店である乙仲の上組が握っていた。おっかなそうなおっさんが事務所の入り口にいる。七輪でスルメを焼きながら茶碗酒を飲んでいた。恐る恐る「うちの船のパレットを出してほしいんですが」と言うと、ぎょろっとにらまれて「まあ、飲め」と言って茶碗酒を飲まされる。こっちは酒が強かったんでそのおっさんと五分で飲んでいたんですが、さすがに酔っ払った。

パレットの手配を終えて、本船に行くと、津久井さんといって昔、日本郵船で世界航路に乗っていた方がおられた。「お、よく来た。飲め」と言われて、また付き合わされた。

したたかに酔っ払って外に出たら、「ギャングウェイ」といって船員や荷役の人が乗り降りする階段があるんですが、そこから下に落っこちた。海水の冷たさとしょっぱさで気が付くんですが、何しろ鉄の壁がギーっと寄ってくる。岸壁と船の間に挟まれて、酔いはいっぺんに吹っ飛んだね。

そんなことを二ヶ月ほどやっていたら、本社からお呼びがかかり「営業をやれ」と言う。当時の営業部長は小野哲という商船学校を出た、鬼瓦のようなおっかないおっさんだった。後をくっついて客まわりをさせられた。

銀座の「上高地」というしゃれた喫茶店でセールストークの練習をさせられる。あなた銀座ですよ。恥ずかしいですよね。「声が小さい」とか言われて、大きな声で「えー、うちの船の特徴は」というのを何遍もやらされる。二週間ほど経って「後は一人でやれ」と言う。

雨が降ってきて傘を取りに会社に戻ると、小野哲が「何しに来た」と聞くので、「雨が降ってきたんで傘を取りに」と言うと、「アホ、軒下から軒下に走っていけば雨に濡れない。数も多く回れるだろうが」とどやされてとぼとぼとまた出ていくんですが、とにかくものすごい会社でしたね。

ソリスターという職業をご存じですか。海運会社で積載する貨物を取ってくるという仕事を「ソリスター」と呼ぶ。辞書で調べてみますとね、ものを集めるという意味のほかに「媚びを売って営業をする」という意味もある。まあ、ある意味ではとんでもない仕事なんであります。

「スケジュール表」というのを何枚か片手に持って、商社や貿易会社の運輸保険部や船積み担当のところを回って注文を取ってくる。同業他社がいっぱいいますからね。勢い「接待」なんていうのがある。そりゃあ、むちゃくちゃ「接待」をやりました。給料が二万三千五百円の時の月の接待費が三十万円か四十万円くらいある。

金曜日になりますと、若い盛りだから遊びたくなるじゃないですか。七時頃、「お先にー」とやると、営業担当の安部好延という常務が、

「おい、どこに行くんだ」

「帰ります」

「接待やれ、三菱商事の永野さんがまだいるだろう。電話しろ」と言うので、しぶしぶ電話すると、これがまたおられるんですね。それから赤坂の小料理屋で飯を食って、後は「キャバレー・ミカド」に繰り込む。

高度成長のど真ん中はそういう生活だった。

追　想

生い立ち

ここでふと思い出した、昔のことを書き留めておこう。

僕は昭和二十年三月十八日、中国の河南省開府という町で生まれた。

親父は満鉄（南満州鉄道）に勤めていたらしい。僕が生まれてすぐに兵隊にとられ、その後終戦になり、親父はシベリアに連れて行かれた。おっかさんは四歳の姉と乳飲み子の僕を背負って、中国の原野を彷徨い、一年後に青島にたどり着き、そこから復員船で長崎県の佐世保に帰還したと後から聞いた。

物心ついてからそのころのおっかさんの苦労を聞かされていたので、僕はわがままを言わなくなった。本当に貧乏していた。

昭和二十三年に親父がシベリア抑留から帰ってきた。

親父とおっかさんと姉と僕の四人で、親父の実家がある福島県の須賀川に移り住んだ。親父は最初材木屋に勤めたが、戦前満鉄にいた関係で須賀川税務署に出仕した。

釜屋さんの思い出

官舎もないころだったんですが、須賀川では東雲閣という料亭の土蔵に住まわせてもらった。東雲閣というのは福島では有名な社長のお妾さんがやっていた、結構格式の高い料亭だった。

その隣が下駄屋さんで、その隣に釜屋という荒物屋さんがあった。若い衆が四十人ほどいて、なにかあると真ん中の広場で餅をついてふるまってくれた。当主は近藤延次郎さんといって有徳の人だったとおふくろから聞いたことがある。延次郎さんのお葬式の時には自宅から須賀川の駅まで弔問者が並んだと聞いた。

小さかった僕はよく延次郎さんにお風呂に入れてもらった。「坊、エービーシーを言ってみろ」と言うので、僕が最後の「ゼットー」まで言うと喜んでくれて、お風呂上がりにお菓子をくれた。

その延次郎さんの息子さんが後年お世話になった近藤準一さん、現社長の近藤宏樹さんはお孫さん。そういうわけで、僕は釜屋さんに三代にわたってお世話になっている。

奮闘の日々　小山海運時代　その二

フィリピン駐在員

そうこうするうち、秋ごろになったある日、突然、社長に呼び出されて何やら辞令をもらった。小さな紙切れに「フィリピン駐在勤務を命ず」と書いてあった。何のことかよくわからなかったんで部署に帰り、上司の山口係長に聞いてみた。

「フィリピン駐在事務所ってどこにありましたっけ」

「アホ、お前が行って作るんだよ」とどやされた。

同期の中でも一番遅く入社した僕が、なんで十人いた同期のトップを切って海外駐在員に抜擢されたのか、全くわからなかった。後で聞いたんだけれども、小山社長が「ああいうところはあいつみたいな度胸のある奴がいい」と推薦してくれたんだそうだ。

当時はまだ二十二歳だった。「一週間以内に赴任せよ」とある。はばかりながら英語なんて全然しゃべれない。大学の卒業試験でも二回追試験を受けて、お情けで卒業させてもらった科目が英会話だった。

しようがないから神田の古本屋に行き、リンガフォンのレコードを買ってきて、毎朝英会話のレコードを聴くことにした。六時には出社し、本船動静表を作りながら英会話を聴くのである。三日目に小野哲が出社してきて、

「お前なあ、英会話なんて向こうに行って覚えろ。そんなものは向こうで女性とねんごろになればすぐに覚える。但し一人の女に入れ込むなよ。そいつの訛りが移るからな」

後日談になりますが、小野哲の言ったことは本当だった。

ちょいとばかり話がそれますが、小野哲という人物ね、僕は今でも尊敬しています。とにかく豪快な人物だった。清水に出張した時、二人でパチンコ屋に入ったんですが、僕の方は全然入らないのに、小野哲の方は入りもしないのにジャンジャン玉が出てくるのよ。不思議に思っていましたら、台の上から妙齢の女性が顔を出して「哲ちゃん、久しぶり」なんて笑いかけてくる。「あれ、どなたですか」と聞くと、小野哲め、にやっと笑いながら小指を立てて「昔のこれ」とのたまいましたね。

マニラ駐在員事務所

そういう次第でマニラに赴任した。

飛行機は羽田から出ていた。スイス航空が初めて世界一周航路を始めた時だった。東京からマニラまで格安の運賃がありましてね、しかも本場の酒が飲み放題だった。したたか酔っ払い、着いた時はできあがっていた。

所持金は２０００ドル。当時は1ドル三六五円七五銭の固定レートだった。

マニラ市内のポートエリア入り口近くにあった代理店、デルガドブラザースという会社だったんですが、そこに仮事務所を構えた。

事務所もなにも机と椅子があるだけで、電話はオペレーターのおばはんがいて「ギブミーラインプリーズ」と言うと外線につないでくれて電話をかけることができるという仕組みだった。

とにかく英語が全くできない。こんなんじゃどうしようもないと思い、マニラ随一の繁華街「マビニ」に通って現地のネーチャンと仲良くなった。英語もしゃべれないくせに「マガンダンババエ」（タガログ語で「あんた、きれいだね」という意味）なんていう歯の浮くような会話だけはすぐに覚えた。そのネーチャンのおっかさんが小学校の先生をしているというんで家庭教師になってもらった。大した謝礼も払わなかったんですが、おっかさんは物珍しいのか、熱心に教えてくれた。

戦友　別盃の歌

当時の日比航路はアメリカのエバレットラインがほぼ独占していた。アメリカ国民は内国民待遇で、フィリピンで何をやるにしても日本人にはハンディがあった。日本とフィリピンの間の貨物、とりわけゼネラル・カーゴと呼ばれた優良な雑貨品は、ことごとくエバレットラインが取っていた。これを小山海運が取り返すのだという。

代理店が運ちゃん（ドライバー）をつけてくれた。エドウィンという名前だった。そのエドウィンに車を運転させて、毎日毎日商業地区にあるマカティというところに通った。高層ビルが乱立するフィリピン屈指の商業地区だった。日本の企業は当時、商社も含めて二百社ばかりが進出していた。

とにかく片っ端から飛び込んで顔を売り、仲良くなって、なんとか商売を取ろうと必死に頑張ったが、敵はアメリカの大手だ。全然成果が上がらない。

三ヶ月ほど経ったころ、たまたま日本大使館主催のパーティで商務参事官の霧山さんという方と知り合った。何日かして「一杯やろうぜ」ということでお誘いをいただき、マニラホテルのラウンジに行った。マニラホテルというのはまあ、日本で言えば帝国ホテルみたいなもんで格式が高く、普段は僕らみたいな平民はなかなか行けるところではなかった。マニラ湾に沈む夕陽を眺めながら霧山さんがぽつんと言った。

「戦争で負けた日本は一生懸命働いて外貨を稼がなくてはならないんだ」

当時の外貨準備高は二億ドルぐらいしかなかった。海外に出る時は持ち出したドルをパスポートの余白に記載させられた。

霧山さんは海軍兵学校を出て、戦争にも従軍し、九死に一生を得たと言っていた。「いまだに戦友に悪くて、なんとも落ち着かない気持ちだ」と寂しそうに笑っていた。
「君はまだ若いんだから頑張れ」と励ましてくれて、大木惇夫が書いた『海原にありて歌へる』という古びた詩集を僕にくれた。「この歌が好きなんだよ」と言って「戦友　別盃の歌」を口ずさんだ。「何回も何回もこの詩をくちずさんでいたので暗記してしまったよ」と言っていた。

「戦友　別盃の歌」

言ふなかれ、君よ、わかれを、
世の常を、また生き死にを、
海ばらのはるけき果てに
今や、はた何をか言はん、
熱き血を捧ぐる者の

大いなる胸を叩けよ、
満月を盃にくだきて
暫し、ただ酔ひて勢へよ、
わが征くはバタビヤの街、
君はよくバンドンを突け、
この夕べ相離るとも
かがやかし南十字を
いつの夜か、また共に見ん、
言ふなかれ、君よ、わかれを、
見よ、空と水うつところ
黙々と雲は行き雲はゆけるを
（大東亜戦争詩集第一輯『海原にありて歌へる』大木惇夫著）

霧山さんとお会いしてから、フィリピンにおける営業の仕方をもう一度考えてみた。日本の商社にいくら通っても、どこの船に積むかという権限は所詮日本の本社の運輸保険部にある。それなら買い手であるフィリピンサイドの受荷主（コンサイニー）を回ってお願いした方がいいのではないかと思い立った。

それからは積荷目録（マニフェスト）を片手に、記載してある受荷主の住所を頼りに片っ端から訪問した。

「俺んとこの船に積むようにL／C（信用状）に書いてくれたら、海上運賃の一〇％をお前さんにあげる」

これをへたくそな英語で呪文のごとく唱えるわけですよ。

こいつは効き目がありましたねえ。小山海運の船に積んで小山海運が発行した船荷証券（B／L）を添付しなければ、換金できない仕組みだ。お客さんが「お前さんの会社はちゃんとした会社だというのはわかっている。OK」ということになりましてね。

最初のお客さんはフィリピンでも一、二を争うほどの服飾メーカー。ユスフ・スベキというトルコ人が社長だった。「なんで」と聞いたら、「お前、俺んとこの国が日本人にはものすごく世話になったのを知らないのか」と言って、その昔、和歌山沖で沈没したトルコ船の乗組員を日本人が全員救助してくれた話をするのよ。

それやこれやで、何とか優良雑貨のフィリピン向けシェアを半分ぐらい取り返した。

こいつには後日談がありましてね。二年くらいして帰国したら、当時の大阪支店長から「ちょいと来い」と呼ばれた。手柄を立てたんだから誉めてもらえるのかと思って意気揚々と大阪に赴いたところ、大手商社の運輸保険部に連れて行かれて、「謝れ」と言う。そりゃそうだ。船積みの権限を取られて、日本でキックバックされるはずの海上運賃の割り戻しが入ってこないんだもの。

「この野郎、道頓堀に叩き込んだろか」などと、さんざん叱られてしょんぼりしていたら、伊藤忠商事の運輸保険部長だけは褒めてくれた。

「キックバックが入らないのは俺だって悔しいけれども、もし俺がお前さんと同じ立場だったら、君がやったのと同じことを現地でやったと思う。君がやったことは面白くはないけれども褒めてあげる」

とおっしゃるのね。商売というのはそういうもんだと初めてわかった。

お登喜さん

マニラに赴任してから半年ほど経ったころ、僕は「お登喜さん」という女性と知り合い、ねんごろになった。

お登喜さんは当時「ホテルフィリピナス」の裏にあった、マニラ唯一の日本料理屋「熱海」の仲居さんだった。年のころは四十いくつかで、そこの女将の娘みたいな人だと聞いた。何度か通ううちに話をするようになり、聞いてみたらなんと住まいが僕と同じコンドミニアムだった。そんなことで親しく話をするようになった。

「登喜子はね、広島で生まれたの。七人兄弟でね。男の子が四人、女の子が三人いて、登喜子は二番目だったの。おうちは貧乏していてね。貧乏していたけれどもお父さんもお母さんもかわいがってくれたわ。

十四歳になった時に、今のうちの女将さんがマニラでフィリピン人と結婚して日本料理屋をしている、ついてはそこの養女にくれないか、という話が持ち上がって、下の子は小さいからまだかわいそう、上のおねーちゃんはもう働いていたからということで、わたくしが今の女将さんの養女でもらわれてきたのよ。

それから戦争があって、広島は原爆で廃墟になったと聞いたわ。後で知ったんだけれども、あの日ね、お母さんは一人で尾道まで行商に行っていて、広島に残っていたお父さんと家族はみんな爆死した。帰ってきたお母さんは家族が全員死んだと知って、発狂して井戸に身を投げて死んだそうよ。だから登喜子にはもう帰る故郷がないの。

戦争が始まったころね、海軍さんの方と親しくなったんだけれど、その方も特攻で亡くなったのよ。その頃、フィリピンの大きな財閥の息子さんから求愛されて、一緒になったの。戦争で負けてたくさんの日本人が迫害されたけれども、登喜子はその旦那、フランシスコ、パコという愛称だったけれども、すごくやさしい人でね、登喜子は幸せだったわ。でもね、フランシスコも戦後まもなく、がんで病死したの。今住んでいるコンドミニアムはそのフランシスコが買っておいてくれて、私の名義になっているの。

おばさんが戦後十年ぐらいして落ち着いたころ、日本料理屋を始めたの。登喜ちゃん手伝ってね、と言われて、ここに勤め始めたのよ。

あれからもう十五年ぐらい経つわ、登喜子は男運がないでしょ。好きだった人は二人とも亡くなってしまって。お父さんもお母さんも兄弟も誰もいなくなってしまって、登喜子はもう帰るところもないの」

「僕がお登喜さんを好きになってはいけせんか」

「なにを言ってるのよ、こんなおばさんをからかわないで頂戴」

しばらくしたある夜、宴会が終わった後、上がり口の小さな座敷で眠くなった。「お登喜さん、膝を貸してくれたまえ」と言って、僕はお登喜さんの膝枕でうとうとし始めた。

しばらくして柔らかいものが、僕の顎から頬のあたりをそっとなでるのよ。お登喜さんの手だった。いとおしむようにね。そのうち、冷たいものがぽたぽたと僕の頬や額を濡らし始めた。お登喜さんの涙だった。僕は気が付いていたけれども、目を開けてはいけないと思い、必死になって目を閉じて寝たふりをした。やがてもっと柔らかいものがそっと僕の唇に触れてきてね。

少し後、やっと気が付いたふりをして「ああ、よく寝た」と言って、お登喜さんの顔を見た。お登喜さんは上気した感じでやさしそうに僕を見つめていた。

「今日はうちに寄らない？」

お登喜さんが初めて部屋に通してくれた。いかにも女性らしいきれいな部屋だった。

「そこに座って」と言われてソファに座ると、お登喜さんは古びたアルバムを見せてくれた。

「これがお父さん、こっちがお母さん、兄弟もみんなで写っているのはこれ一枚しかないのよ。フランシスコの写真はあるけれども、海軍さんの写真はないわ」

「お登喜さん、苦労したんだね。今度は僕がお登喜さんを幸せにしてあげる」

「駄目よ、あなたは前途のある有望な青年なんだから、登喜子なんかにかまわずに若くてやさしいお嫁さんを見つけるのよ」

「いや、お登喜さんがいい」

お登喜さんがついと立って、箪笥から何やら帽子らしきものを持ち出してきた。

「海軍さんのたった一つの形見なのね。かぶって」

言われるままに海軍帽をかぶった僕は、お登喜さんに向かって敬礼のまねごとをした。

僕を見つめていたお登喜さんの目が見る見るうちに涙であふれて、小さなお登喜さんが僕の胸に飛び込んできた。

「駄目よ、抱いて」

別れ

翌日、僕はかねてから予定していた南部ダバオへの出張に出かけ、二週間ほどでマニラに帰ってきた。ひとまず部屋に帰って、それからお登喜さんの部屋をノックしたが、返事がない。

「熱海」に行くと、おかみさんが「登喜ちゃんはもういないわよ」と言う。

「えっ！　なんで？」

「登喜ちゃんはね、アメリカのロスアンゼルスに行ったわ。だいぶ前からあそこの日本人街のお店で働かないかと誘われていたみたいでね。何があったかわからないけれども、登喜ちゃん、寂しそうだったわ」

僕はもう何が何だかわからなくて呆然としていた。そうしたら女将が「これ、登喜ちゃんから預かっていたわ」と言って、封書に入った手紙と思しきものを渡してくれた。

事務所に帰って手仕舞いをしてから部屋に戻り、封書を開けてみた。そこにはお登喜さんのきれいな文字の手紙が入っていた。

ごめんなさい。こんな形でお別れするなんて。でもこうしないとお登喜の心はあなたからますます離れられなくなりそうだったの。前途あるあなたの将来を私みたいなおばさんがこわすわけにはいかないと思い、心を決めました。

お登喜はあなたにお会いすることはもうないと思います。お登喜のことは忘れてください。

あなたからは楽しいお話をたくさん聞かせていただきましたね。あなたの故郷のこと、信夫山の頂上の鳥ヶ崎から眺める吾妻小富士や福島盆地、お登喜も行ってみたかったな、あなたの故郷。

いただいた高村光太郎の「智恵子抄」。登喜子の宝物です。

あれが阿多多羅山、
あの光るのが阿武隈川。
かうやつて言葉すくなに坐つてゐると、
うつとりねむるやうな頭の中に、

ただ遠い世の松風ばかりが薄みどりに吹き渡ります。
この大きな冬のはじめの野山の中に、
あなたと二人静かに燃えて手を組んでゐるよろこびを、
下を見てゐるあの白い雲にかくすのは止しませう。

あれが阿多多羅山、
あの光るのが阿武隈川。

ここはあなたの生れたふるさと、
あの小さな白壁の点々があなたのうちの酒庫。

智恵子抄の舞台になったところは二本松というのでしょう。お城の中で秋になると菊人形が飾られてそれはそれはきれいだとあなたはおっしゃいましたよね。近くの本宮には「蛇の鼻公園」というところがあって秋になると一面真っ赤な紅葉に彩られるとお話しなさっていましたよね。登喜子はあなたの故郷を一緒に歩きたかった。

いただいた「智恵子抄」のご本の中に一枚の紅葉の葉っぱが挟まっていましたわ。登喜子はこの葉っぱをあなただと思って大事にしますね。

本当のことを言うと登喜子はあなたから離れたくない。ずっと一緒にいたかったわ。かなわぬ縁に終わってしまいますが、生まれ変わったら登喜子をお嫁さんにしてくださいね。登喜子はとってもいいお嫁さんになるの。一緒になってあなたの赤さんを産むの。上の子は女の子で花子、下の子は男の子で太郎と名前を付けるの。そうしてね、あなたと子供たちと八幡様のお祭りに行きたいわ。浴衣を着て太郎を肩車にしたあなたの後ろを花子の手を引いて歩きたいわ。そうしてね。登喜子に「ヨーヨー」

を買ってくださいな。登喜子のうちはとても貧乏していたのでヨーヨーを買ってもらえなかったの。みんながヨーヨーを持っているのがとてもうらやましくてね。それからあなたのお父様、お母様にも一生懸命尽くしてかわいがってもらうの。あなたのご両親のことだからきっとおやさしくていらっしゃると登喜子は思っています。お母様から漬物の極意をおならいして、お父様には夕飯の時に晩酌のお相手をするの。

生まれ変わったらあなたのお嫁さんにしてくださいね。登喜子はきっといいお嫁さんになります。登喜子はこれでも料理がとても上手くってよ。

あなたと知り合ってそんなに時間が経っていないのにこんな夢みたいなことを言ってごめんなさいね。

お願いがあります。

あなたが日本にお帰りになったら、ぜひ故郷福島の信夫山にある烏ヶ崎に行って「こより」を木の枝に結んでください。こよりには相合傘を書いてあなたと登喜子の名前を書いてくださいね。そうするときっと生まれ変わってあなたのお嫁さんになるという登喜子の願いがかなうと思うの。

もうひとつはね、登喜子のふるさと広島に行っていただけませんか。元安川のほとりの袋町というところが登喜子の生まれ育ったところです。原爆が落ちたあの日、妹や弟はきっと水が欲しかったんだと思います。元安川に登喜子の代わりにお水をかけていただけませんか。

短い間でしたけれどもあなたと過ごしたマニラでの生活はそれはそれは楽しいものでした。登喜子はこれから一人で生きていきますが、あなたとお会いできたことを励みにしてちゃんと生きていけると思います。

どうか幸せになってくださいね。かわいくてやさしいお嫁さんをもらってくださいね。
それからちょっぴりでいいから時々登喜子のことも思い出してくださるとうれしいわ。
さようなら
登喜子より

所々、涙がにじんだお登喜さんの手紙を持って、僕はマニラ湾に面した海辺に向かった。ちょうど夕陽がまぶしくて、僕はどうしようもない悲しみとやるせない想いを、思いっきり夕陽に向かって叫んだ。何度も何度も。

「お登喜さーん!」

大プロジェクト　小山海運時代　その三

アママパラ

二年ほどフィリピンの駐在員を務めて帰国すると、開発事業部というところに回された。「何をやるんですか」と上司の山川先輩に聞くと「自分で考えろ」とのご託宣だ。自分で考えろと言ってもねえ。しようがないから昔の伝手を頼って片っ端から商社の営業を回った。どこの商社にもプロジェクトチームがあった。

三菱商事さんとは結構懇意にさせてもらっていた。ある時、「こういうのがあるんだけれどもやってみる?」と言われて、ニューギニアの銅鉱山開発の仕事を紹介してもらった。なんでもアメリカ最大のエンジニアリング会社、ベクテル・ポメロイがアママパラというところで銅鉱山の開発をやるという。ついては開発資材を日本から調達する。窓口は三菱商事。

で、早速、現地の事情調査を始めた。写真で見る限り、まともな港なんかない。どうやって機材を運び込むか、それがこのプロジェクトの最大の問題だという。写真で見ただけではわからないので、とりあえず現地を見に行くことにした。戸川さんという担当者と二人で、ポートモレスビーからセスナの水上機をチャーターして現地に行った。

一〇〇メートルほどの遠浅で船はつけられない。しかしその先は一万トンクラスの船が入れることがわかった。思案をしていたら、「そうだ、大きな浮き艀を持っていけばいい」と思い立ち、メーカーさんを紹介してもらった。三菱重工業が作っていた。こいつを持っていって接岸して、岸までは艀を並べて重機が通れるようにすればいいと考えた。

そこまではよかったんですが、どでかい鉄の浮き艀をどうやって現地まで持っていくんだということになった。船で曳航するか大型船のデッキに乗せて持っていくか、そこまで具体化した。

結局、オンデッキで持っていくということになったが、そんな大きな船は持ち合わせていない。チャーターするしかない。一万トンの貨物船をチャーターしようということになった。船の見当はついたが、用船料が二千万円ほどかかる。社に帰って経理の本間部長に談判したけれども「そんなカネはない」とにべもない返事だ。

考えあぐねた末に、「そうだ、隣に銀行さんがあった」と思い出した。HT銀行虎ノ門支店だった。書類を持って飛び込みで行きましたらね、若い行員さんが会ってくれて説明を聞いてくれた。「一旦書類を預からせてくれ」と言われ、会社に帰りましたらね、翌日の朝一番で電話がかかってきた。支店長が話を聞くという。すぐに吹っ飛んで行きました。

「面白いね、カネは貸す」と支店長。

「担保ありませんけど」と僕。

「そんなものはいらない。その代わり三菱商事の発注書もらってきてくれないかな」

三菱商事に行き発注書をもらい、支店長のところに持っていった。すぐに金を貸してもらいましてね。プロジェクトは前に進んだ。

当時はそういう時代だった。やる気さえあれば、いい仕事がごろごろしていた。半年ほどかけて機材を搬入して開発が始まった。何しろやることがすごい。飛行機を飛ばして焼夷弾を撒き、火をつけてそこにアスファルトを敷き詰め、すぐに飛行場ができた。一年ぐらい経ってからもう一度行くと、もう町ができていた。刑務所までありましたもんね。

こんな国と戦争をしたら勝てっこないやと思い知らされた。

無担保で二千万円も見ず知らずの若造にカネを貸してくれた当時の銀行さんもえらかった。そういう仕事ができるいい時代だったな。

ドクタースムロン

しばらくして今度は先方から仕事が舞い込んできた。

三菱商事と川鉄商事が組んで、フィリピンのイリガンというところに一貫製鉄プラントを建設するという。

巨額の金が主に日比賠償で動く。巨大なプロジェクトだ。商社が三社ほど応札しましてね。

会社は「お前、フィリピンのプロなんだからやれ」と言う。

昔の伝手を頼って当時のマルコス大統領につながる人脈をあたった。権力者が一番弱いのはかかりつけの医者です。どんなやくざでも医者には一目置く。何遍かやくざのせがれの結婚式に出たことがありますが、仲人はたいがい医者か歯医者だった。

そんな塩梅で人脈をたどってみたら、マルコス大統領が心を許す数少ない医者がいることがわかった。それがドクタースムロンだった。小柄な男で風采も上がらない男だったんですが、とにかくマルコス大統領の信任が厚い。

親しくなってから一度マルコス大統領とドクタースムロンとゴルフをやったんですが、その時、マルコスの足にスムロンが包帯を巻くのよ。なんでかと言うと、マルコスは戦時中、日本軍に捕らえられて拷問を受け、右足の指が何本かかけているのね。そこできっちりと包帯を巻いて靴を履かせるんだけれども、それはスムロンにしかやらせないのよ。

そんなこんなでドクタースムロンに取り入った。日本に招きましてね。こいつをどうやって取り込むか、チームで会議を開いた。いろいろな意見が出たんですが、どうも話が滑る。そこで僕が提案した。

「女性が一番です」

そこで当時、赤坂にあった「コパカパーナ」というナイトクラブで接待漬けにした。ほぼ毎日、商社の方と一緒に接待するのよ。めでたく「陽子ちゃん」という妙齢の美人をスムロンが気に入った。当時、有名なお妾さん専門のマンションが赤坂にあり、そこに入ってもらった。

事の成り行きで、陽子ちゃんへの月々の手当ては裏金を作って僕が届ける破目になった。スムロンはたまにしか日本に来ませんからね。陽子ちゃんも勢い寂しくなったんだろう。何回かモーションをかけられましたが、他人《ひと》様の女に手を出すほど僕は野暮ではない。

そうこうするうちにプロジェクトを受注し、うちの会社がすべての機材の海上輸送をやることになった。こいつは儲かりましたね。

香港脱塩プラント

中国との雲行きが怪しくなったころ、中国が香港向けの水道を止めるという事態になった。香港には川も湖もありませんからね。中国本土からの水道管を止められたら、それこそ死活問題だ。何とかならないかという相談が当時の香港政庁からあった。

商社から相談されたんで、脱塩プラントを提案した。海水を真水に替える装置です。それも大型のでなければ間に合わない。山九運輸機工を知っていたんで相談した。やろうということになって商社にも参加してもらい、九龍地区に作ることになった。こいつの機材の輸送も全部うちが取った。

仕事ついでに香港にはよく通った。まだレパルス湾に「レパルスベイホテル」があったころのこと。映画「慕情」でウィリアム・ホールデンとジェニファー・ジョーンズが接吻したところです。

転　身

僕の「傘寿の青春」の第一弾はここまでです。
二十七歳で海運会社を辞めて新しい世界に飛び込んでいったから。
そこでの活躍は、「傘寿の青春」の第二弾で、そう遠くない時に書きたいと思います。

（了）

著者プロフィール

大木 健次郎（おおき けんじろう）
本名　小松 崇明（こまつ たかあき）
昭和20年３月18日生まれ
職業　新聞記者
既刊書　『風と満天の星を求めて　モンゴル紀行』（2001年　文芸社）

傘寿の青春

2025年３月18日　初版第１刷発行

著　者　大木 健次郎
発行者　瓜谷 綱延
発行所　株式会社文芸社
〒160-0022　東京都新宿区新宿１－10－１
電話　03-5369-3060（代表）
03-5369-2299（販売）

印刷所　株式会社フクイン

ISBN978-4-286-26410-3　　JASRAC 出 2500090-501